Long ago, a young boy named Juan lived with his mother on the island of Puerto Rico. They lived in the countryside several miles from the nearest town.

Hace muchos años en la isla de Puerto Rico vivía con su mamá un muchacho llamado Juan. Ellos vivían en el campo a unas millas de distancia del pueblo más cercano.

Juan was not very smart, so people called him Juan Bobo or Simple John. This Simple John had a simple problem: he always mixed up directions he was given or forgot them completely.

Juan no era muy listo por lo que la gente le llamaba Juan Bobo. Juan tenía un simple problema: él siempre confundía las instrucciones que se le daban o sino, se les olvidaban del todo.

One Sunday Juan Bobo's mother woke up early to go to Mass. Before getting ready, she tied the pig in the yard and called to Juan, "Juan, Juan… JUUUAAANNN!!!!!!"

Un domingo la mamá de Juan se levantó bien temprano para ir a la misa. Antes de prepararse fue y amarró a la cerda en el corral y llamó a Juan: —¡¡¡Juan, Juan… JUUUAAANNN!!!

"Coming Mai," he yawned, walking toward his mother's voice.
"I need you to do me a favor while I'm gone," she said.

—Ya voy Mai, —contestó bostezando mientras caminaba hacia la voz de su madre.
—Necesito que me hagas un favor mientras estoy fuera, —le dijo.

"Yes, Mai. What is it?" Juan Bobo asked.
"Please check on the pig so she doesn't get too hot," said his mother. Then she went inside to get ready for Mass.

—Sí, Mai. ¿Qué es? —preguntó Juan Bobo.
—Por favor, vigila a la cerda para que no se acalore demasiado, —le dijo su mamá. Entonces, entró a la casa a preparase para ir a la misa.

Juan Bobo's mother always got ready for Mass the same way. First she chose a nice Sunday dress to wear.

Para ir a la misa, la mamá de Juan siempre se preparaba de la misma manera. Primero, escogió un elegante traje de domingo.

Then she put on her best earrings and necklace. Finally she selected a beautiful bracelet.

Luego se puso sus mejores pendientes y collar. Y finalmente seleccionó una hermosa pulsera.

When Juan Bobo's mother was all dressed, she set out on the long walk into town.

Cuando la mama de Juan terminó de vestirse, salió de su casa por el largo camino hacia el pueblo.

That Sunday Mass went longer than usual. The day was getting hotter and hotter, and the pig began to grunt. As the day got hotter, the pig's grunts got louder.

Ese domingo la misa fue más larga de lo usual. El día estaba caliente y seguía calentándose y la cerda empezó a gruñir. Mientras el día seguía calentando, más alto gruñía la cerda.

Poor pig. She sounds so sad. She must be crying, thought Juan Bobo. *She wants to go to Mass with Mai.*
"Don't worry, pig," he said. "I'll help you get to Mass."

"Pobre cerda. Suena tan triste. Debe estar llorando", pensó Juan Bobo. "Ella quiere irse con Mai para la misa". —No te preocupes cerda, te voy a ayudar a que llegues a la misa, —le dijo.

Juan Bobo ran out to the yard and untied the pig. He brought her into the house and took her into his mother's bedroom.

Juan Bobo corrió hacia el corral y desató a la cerda. Se la llevó para dentro de la casa, hacia el dormitorio de su mamá.

"Now pig, you can't go to Mass like this. We need to find you a nice Sunday dress and jewelry!" First he picked out the nicest dress from his mother's closet and put it on the pig.

—Cerda tú no puedes ir a misa así como estás. ¡Necesitamos encontrarte un elegante traje de domingo y prendas! —Primero, escogió el traje más bonito del armario de su mamá y se lo puso en la cerda.

Then he took the best earrings and necklace from his mother's jewelry box and put them on the pig.

Entonces, tomó los mejores pendientes, y collar del joyero y se los puso a la cerda.

Finally he put beautiful bracelets on the pig's legs.

Por último, puso las pulseras en las patas de la cerda.

"Pig, you look as pretty as Mai. You are ready to go!" said Juan Bobo. Then he flung open the door and said, "Now go off to Mass and join Mai."

—¡Cerda, te ves tan linda como Mai! ¡Ya estás lista para irte! —dijo Juan Bobo. Luego él lanzó la puerta para abrirla y dijo, —Ahora ve a misa para encontrarte con Mai.

The pig ran across the yard and into the mud. There she splashed and scrubbed and squealed and tore off the dress and jewelry!

La cerda salió corriendo hacia el corral y se metió en el lodazal. Allí lapachó, se restregó, chilló y se desgarró el traje y las prendas.

When Juan Bobo's mother got home she asked, "Where's the pig?"

Cuando la mamá de Juan Bobo llegó a su casa le preguntó, —¿dónde está la cerda?

"Didn't she meet you in Mass?" asked Juan Bobo. "When you left, she began crying for you. So, I dressed her and sent her off to meet you!"

—¿Ella no se encontró contigo en la misa? —preguntó Juan Bobo. —Cuando tú te fuiste ella empezó a llorar por estar contigo... ¡Por eso, la vestí y la mandé para que se encontraran!

Juan Bobo's mother looked out into the yard. She saw the pig in the mud. Then she saw what was left of her dress and jewelry.

La mamá de Juan miró hacia el corral. Ella vio la cerda en el lodazal. Entonces, vio también lo que había quedado de su traje y prendas.

That night Juan Bobo got quite a scolding. Even though his mother tried to teach him a lesson, Juan Bobo never understood why the pig didn't go to Mass.

Esa noche Juan Bobo recibió un tremendo regaño. A pesar de que su mamá trató de darle una lección, Juan Bobo nunca comprendió por qué fue que la cerda nunca llegó a misa.